关于这套丛书

　　对过去、现在、未来的延续性思考，是需要拿出点勇气的。而要完成一种转变，需要付出的恐怕就不仅仅是勇气了。

　　"中国现代艺术品评丛书"的出版，下意识地为20世纪中国艺术向现代形态转变提供了一点参照数。同时，也作为献给中华民族文化以及她自己的现代艺术家的一份爱心。

广西美术出版社社长、编审

中国现代艺术品评丛书

主　编：水天中

副主编：戴士和

　　　　苏　旅

祁海平

前　言

　　20 世纪是中国绘画由古典形态向现代形态转变的历史时代，古今、中外各种艺术因素的承接、嬗变、冲突、融会，构成波澜起伏的艺术奇观。西方绘画自进入中国之后，也是在近百年中得到很大发展。到 20 世纪后期，它已经成为拥有广泛欣赏者的绘画品种。

　　20 世纪 80 年代是中国人民抛弃了"左"的文化专制主义，绘画艺术迅疾繁荣的年代。80 年代的 10 年中，除了艺术风格的多样化之外，一大批新起的画家成为绘画创作的骨干力量，是这一时期画坛最引人注目的变化。这些画家是从 80 年代开始创作活动的，他们不受拘束地借鉴古今中外的绘画精华，在深入了解、深入思考中国现实物质生活和现实精神生活的基础上，力求创树具有个性色彩的艺术风貌。创作了一批蕴涵着中国人的精神、气度、而不一定具备传统绘画形式的作品。在艺术观念和绘画语言的许多方面，都与他们的前辈迥然不同。国内外一些具有敏锐鉴别力的评论家、鉴藏家和绘画爱好者，对这些画家的作品已经给予极大的关注。但在另一方面，他们的艺术仍然没有得到广泛的了解，甚至还被误解和歪曲。"中国现代艺术品评丛书"从 80 年代活跃于画坛的画家中，选出代表性人物，分册编选他们的代表作，由画家本人提供创作自述，并请对某一画家有深入了解的评论家撰写专文，对画家的艺术作全面评介，冀此使中国现代绘画得到更多的知音。

　　中国现代艺术正朝着成熟期发展，本丛书所介绍的画家也都处于各自创作生活的上升期。我知道对他们的艺术创作，还会有种种不同的争论，但他们的创作活动，必将对中国绘画的未来产生越来越大的影响。

1992 年 6 月于美术研究所

在外貌上，很多人会把有着一张格列柯式西班牙人的脸和一头鬈发的祁海平当成一位大提琴家或单簧管手，而祁海平的确自幼酷爱西洋音乐，当然这并不妨碍他后来在油画领域所取得的非凡成就。音乐的精灵始终活跃在他的系列油画作品中，尽管早期的作品只是一些乡村的小情小调。到了上世纪90年代初，祁海平终于掩饰不住自己狂热的音乐天性，"音乐厅系列"喷薄而出，那气势恢宏的音乐会场景和金碧辉煌的德加式色彩至今令人难忘。而后来的一系列以管乐、弦乐、钢琴等为主题的音乐油画作品，则已经完全融化在艺术家自己创造出的"黑白"色彩风格之中。祁海平对西方音乐的天赋是如此之足，以至我们即便是站在其硕大无匹的棕黑色平面作品面前仍然可以看得见交响乐队的金属轰鸣，然而当进入新的世纪时，祁海平纯粹的西方音乐油画圣殿中忽然微弱而顽强地挤进了中国式的长萧和古埙，并渐渐强大起来，于是我们看见了一个在肖邦、贝多芬、格里格和"高山流水"、"解衣般礴"之间相互撞击和矛盾的祁海平，但我们惊喜地发现，这种撞击和矛盾正在艺术家勇敢而执著的指挥下交汇、融合，原来充满表现主义色彩的黑白洪流已演化成千万条涓涓清流，穿行在抽象的山、林、海、云等色彩符号之中，展现出一片生机勃勃的氤氲之气。我们有理由相信，在新的世纪里，祁海平会演绎出更多更美的音乐油画作品，这是一定的。　　　　　　　　(苏旅)

祁海平近照

祁海平油画艺术论

●水天中

20世纪与21世纪的交替，是中国绘画百年历程的结束，也是中国绘画千年历程的结束。由此上溯一千年，宋代画家将水墨画艺术推向顶峰，并打通了表现性水墨画的渠道。从此以后，元明清各家各派始终没有超越宋代画家创树的规范，他们沿着宋人开辟的路径逶迤前行，将宋人开辟的每一个方面加以精雕细琢。一千年中，绘画艺术越来越向精致、雅逸、简淡、纤巧发展，从作者的艺术精神和观者的视觉效果上看，这种发展是一个内向收敛的过程。到20世纪初期，我们的先辈从中西绘画对比中，痛感曾经有过辉煌昔日的中国画在近世的衰落。于是，绘画革新被提出，并被纳入整体社会改革范畴之内，而革新的具体道路则是借鉴西方绘画，强调艺术对现实生活的依存关系，并进而追求视觉和心理震

在展厅的作品前

撼力。20世纪中国油画的成长背景是如此，它所表现的活力，它所呈现的特点，它所面临的问题，无不与此有着直接或间接的因果关系。

祁海平的绘画创作展开于新旧世纪交替之际。在他进入中国艺坛的时候，水墨画走过了借鉴西方写实技法以反映现实生活的阶段，人们关注的是在扩展"传统"内涵的基础上，重新接通个人创作与传统文化的血脉；油画走过了以通俗的写实形式服务于现实斗争的阶段，也刚刚走过由于封闭于西方艺术之外而忙于"补课"的阶段。包括祁海平在内的21世纪的中国艺术家，面对的是在所谓"全球化"形势下，如何争取独立的艺术精神和时代性的艺术面貌。他在思考民族性（或本土性）在"全球化"潮流中的价值，深感仅仅追随西方艺术潮流，并不能完成艺术的个人理想和时代使命，他希望创作出"具有中国精神的，又是当代的作品来"，"我不再想以西方某某大师为学习的楷模，而想完全去做自己的事"。

"做自己的事"！祁海平的这一信念是历经百年上下求索而动辄得咎，是终于清醒过来的中国艺术家的思考果实。

他以写实绘画为基点，在中国书法和西方音乐之间漫步。他长期研习传统书法，进行"现代书法"创作。从音乐中感悟到精神的魅力，找到了一条通向心灵的途径。在绘画创作上，他自觉地将中国绘画和书法的意境和趣味融入油画创作，形成文人韵味。或是一种清雅的书卷

《行书作品》2001（喜爱书法对祁海平的创作产生了很大的影响）

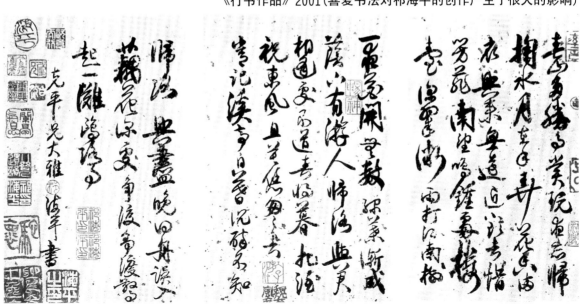

《协奏》120×100cm 油画 1991年(恢宏的演奏场景后来被抽象精神的符号所取代)

气,或是粗砺敦厚,如现实生活中的泥土和草木的生机。这些都在他笔下聚成蕴藉、空灵、耐人寻味的境界。

祁海平的画经历了几种不同的阶段。20世纪90年代初期,他画过一些音乐演出的场面,表现西方古典文化环境的恢宏典雅。但他在绘画创作中对异质文化环境的向往,很快就转变为对视觉元素的分析和对崇高情感的表现。1993年前后的作品(如《黑色主题》)虽然留存着乐器和演奏者的形态断片,辉煌的演艺空间却已转化为单纯而微妙的黑、白、灰块面构成。他将视点推近,视角缩小,像潘天寿在水墨画中以画高山大川的章法画石块细草那样,赋予音乐演奏的细节以无限深宏的品格,使画面整体具有某种超验意味。

90年代中期,他在《黑色主题》系列作品的创作中获得"解脱",画面的主体不再是现实生活的空间,而是画家思绪情感自由活动的天地。他运用绘画的基本元素,"创造黑白两色的各种抽象形态,传达现实的体验与心灵的激情"。生活中一切"自然的印迹和墙上随意涂抹的线条"为他的绘画语言提供了丰富的想象。这些油画作品中的笔意,足以使人产生"心手遗情,书笔相忘"的联想,从而进入主客合一,神与物化的境界。从对某种文化场面的观赏,转向绘画本体的抽象表现,祁海平并不是仅仅停留于语言的玩味,他把形式看成内在精神的外化体现,因此他的画风转变的历程,也可以说是不断地寻求语言与精神容量相适应、相融合的过程。

如果说《黑色主题》是祁海平近些年来油画创作的主要线索,

那么1998年的《诗》、《词》系列则是画家拓展的另一个想象的空间。他试图依仗色调、笔触、结构的感情倾向，以厚涂的丰满肌理和青花瓷般的清润色彩，象征性地传达诗与词的不同性格。当然，这既是诗词形式的对比，也是文学史上代表性诗词作品所包含的时代思绪和感情内容的对比。像一切非具象绘画一样，不同文化背景的观众，可以从这些与相映照、互相衬托的画面间，作超出原有标题的联想，诸如男与女、阴与阳、日与夜、北方与南方、现世的繁实与彼岸的微茫……的诗意对比。

在20世纪的最后几年间，他的作品连续在大型展览中出现。逐渐形成了独特的祁海平格调——与同时代许多青年画家的抽象性作品不同，他不以简易的剪贴方式处理既有的文化符号，而是以使人感动的情味，表现人在流动不居的自然中的感触。温暖的黑、白、灰节奏在画面上自由运行，它们的出现与组合既是有力度的，又是柔和而润泽的，像用蘸满水墨的大笔挥写的书法，很少有素描或版画的细微层次和明晰的形体边界。与西方抽象表现主义画家中接近中国书法趣味的托贝、克莱因、马瑟韦尔等人

祁海平爱水墨，尤其心仪水墨的抽象痕迹

参观纽约大都会博物馆

的风格有所不同，祁海平追求着更加繁富的内涵。他使宏大庄严与玄奥幽冥并存，在庄严的节奏之间，常常闪烁着急促的音节，使人想起沉重的岩层间不可思议的闪动金光的矿苗。

在创作许多抽象性油画作品的同时，祁海平对水墨画也表现出浓厚的兴趣。

如果可以将"抽象"、"表现"这些概念用于中国传统艺术的话，书法本身就是一种抽象艺术，而水墨写意画则是将书法的抽象性与水墨画的表现性成功地合而为一的绘画形式。无论从它作为现代绘画形式语言资源，或是作为人类艺术史的叙述内容来看，水墨写意画的潜能都还远远没有发挥出来。祁海平在抽象水墨方面的独特成绩，在于他在充分发挥书法和水墨的表现性时，没有简化它们作为"雅文化"所特有的精微的文化心理内涵；在使传统书法和水墨向现代艺术转化时，没有冲淡它们的高雅蕴藉气质。

在1996年的一些水墨作品中，祁海平营造了一个非具象的然而又是有情调的天地。书写的墨迹组成疏密有致的空间，使熟悉传统绘画的人们，想起宋人山水画的高远幽深，而那些抽象的书写式的墨迹，俨然山林丘壑、泉石溪涧。

2000年的《生》系列，显然更加远离传统水墨写意画的布局习规，水墨笔迹以偶然性的姿态激湍流动，扭结叠交，形成复杂而有序的"乐曲"，主题在进行中被模仿、呼应、回旋，源源不断地生发向前。在这些抽象作品中，我们依然可以发现作者对黑、白，主、次，虚、实关系的周详考虑，在充盈着水分的宽大笔触所构成的烟岚雨雾之间，一些细碎的点线和窄小的空白使水墨氤氲灵动而通透。

许多西方抽象表现主义艺术家，常常宣扬偶然的冲动和某种说不清楚的本能对他们的绘画创作的支配作用。也有人认为表现性抽象艺术所包含的情感并不是日常生活中所能感知的感情，而是使用某种材料的人对特定的工具材料的情感，或者是在使用这些工具材料的过

《钢琴》33 × 24cm　油画(1995)

程中萌发的特殊情感。我不否认水墨、宣纸、油彩、画布对于祁海平所具有的特殊吸引力，这些材料给他的愉悦不言而喻，而且在中国文化环境中成长的画家，只要接触水墨材料，就了无挂碍地进入艺术创造情境。我想说的是，从祁海平的作品看，他在绘画过程中产生的冲动和激情之外，他确实把他的文化经验、人生体悟带入绘画创作之中。而这些情感思绪中，有许多因素绝非工具材料或者工艺过程所能包含的。我更倾向于将其视为一种遥远的文化记忆，一种深层的心灵震动，一种极其个性化的对自然的向往之情。

祁海平的创作思路不一定与当代西

方艺术体系完全契合，以"全球化"尺度衡量他的言论和实践，会遇到许多问题。但把它置于中国文化环境之中，就显得顺畅而自然。祁海平崇尚东方的"原初智慧的神秘博大的精神境界"，以我的理解，这种境界之所以"神秘"和"博大"，就因为它不是某种知识，甚至不是某种理念，而是融会于数千年人文历史中的一种情绪和气氛。在绘画领域，对它的阐释和发挥实际上远未完结。正是在这个意义上，祁海平的艺术取向具有广阔的前景。

2001 年春分于北京立水桥

祁海平在敦煌鸣沙山

1.《黑色主题1》
160 × 130cm
1993年 油画

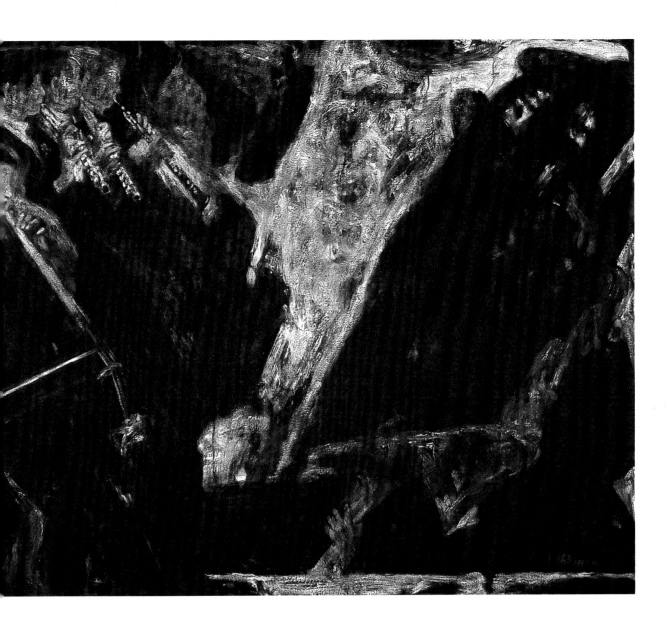

2.《黑色主题3》

390×160cm

1993 年　油画

3.《黑色主题 5》
61 × 50cm
1992 年　油画

4.《黑色主题6》
61 × 50cm
1992年 油画

5.《黑色主题20》
　　200 × 100cm
　　1996年　油画

6.《黑色主题 10》
61 × 50cm
1995年 油画

7.《黑色主题13》
120 × 100cm
1996年　油画

8.《冥》
200 × 100cm
1996年　油画

9.《黑色主题21》
61 × 50cm
1996年　油画

10.《黑色主题 23》200×200cm 1996年 油画

11.《迹》200×190cm 1996年 油画

12.《生丛》

162×65cm

1997年　油画

13.《诗》100 × 100cm　1998年　油画

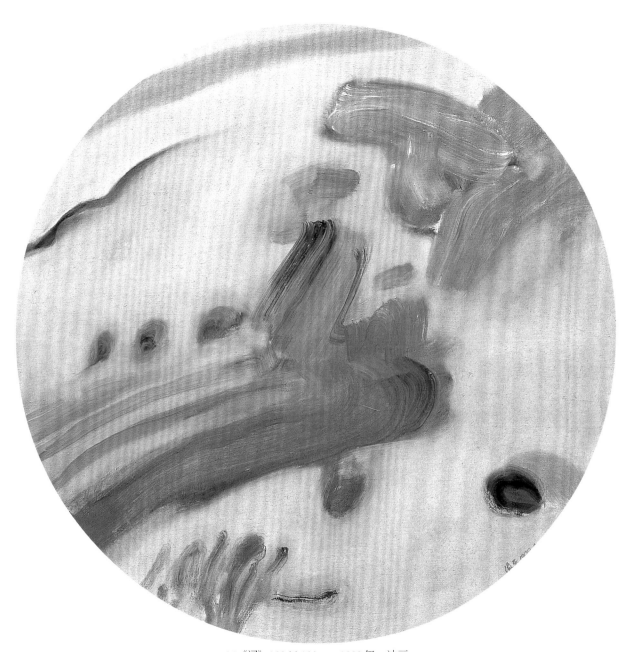

14.《词》100×100cm　1998年　油画

15.《黑色主题24》
200×100cm
1999年　油画

16.《融》200×200cm 1999年 油画

17.《黑色主题25》200×200cm 1999年 油画

18.《黑色主题 26》

81 × 65cm

2000 年 油画

19.《诗·词》200×50cm×4 2000年 油画

20.《黑色主题29》200×190cm　2000年　油画

21.《无题》32×32cm　2000年　油画

22.《觅》32×32cm 2001年 油画

23.《黑色主题30》
324×65cm
2001年　油画

彩图目录

自　述

祁海平与水中天对话

水：你在学校里受到的绘画训练，与你现在的绘画风格有明显的不同，但它们是不是仍有某种联系？（或者是在创作的某一阶段，有过这样的联系？）

祁：我在学校受到的主要是写实基础的训练，并下了很大的功夫去练基本功。虽然心里向往的是大写意的风格，但由于各种认识上的局限，一直没有找到与内心沟通的途径。我后来风格的形成，实际上是不断地冲破原来的各种束缚，追求个性的结果。现在我又发现过去训练的积累又有许多用处，我可以能动地驾驭和使用各种基本因素为自己服务。许多事情，只有超越了它，才能真正掌握它。

水：写实性的减少和抽象性、表现性的加强，有过一个转折点吗？那是怎样出现的？

祁：1991年中央美术学院油画研修班毕业，是一个转折点。在此之前，一直是学习阶段。当时强烈地意识到鲜明个性的重要，觉得不能永无止境地学习别人，应该开始做自己的事情了。个性不需要寻找，就在抛开一切束缚，完全按自己的意愿去做的

时候开始，我感到自己觉悟了。我在绘画中融入书法的感觉，不断删除多余的因素，最大限度地追求鲜明的意象，于是出现了黑白两色为主的作品。

水：我觉得你"不断删除多余的因素"这一点对你风格的形成非常重要。你曾说，音乐进入你的绘画，是由于你受德加的启发，寻找绘画的载体。当你的兴趣从音乐表演的视觉形式深入到音乐本体时，除了获得审美享受之外，这种深入是不是改变了你对绘画的观念以及作品的形式处理？在你以音乐为绘画题材之前是否就喜欢音乐？

祁：研究德加是一个学习的过程，当时追求所谓"地道的油画语言"，觉得应该直接向大师学习，我学画从画速写起家，于是选中了从传统向现代过渡的德加做范本。研修班毕业创作时选择音乐题材主要是为当时的研究心得寻找一个载体。我读书是在艺术学院，在这方面受到许多熏染，原先也喜欢音乐，但真正有所体会是在画了这些题材之后。

对音乐理解的加深，也是一个由外部世界进入

内心体验的过程。我在交响乐中感受到了人的丰富内心情感和宏大的心理空间。人生有许多内心感觉是看不见的，但音乐让我"看见了"。现代音乐的各种试验性做法开启了我的感觉，对我的绘画观念的改变和形式处理产生了很大影响（有趣的是，这种改变不是来自现代绘画的影响）。我逐渐开始因心造境，能动地结构画面各种关系，将透视转为平面，光影变成图形，色彩减至黑白，打破原来的惯性思维和写实性语言。从具象表现到抽象表现的转变，是为了更直接地指向内在的精神世界，使作品具有更大的容量，同时，我对中国艺术的偏好也可以融入其中了。

水：我对你所说音乐使你"看见了"很感兴趣。你是不是找到了声音与视觉形式之间的某种对应关系？

祁：乐音变化组合和绘画中丰富的笔墨交响是具有平行和对应关系的，我感觉一部交响乐的流动与草书长卷的跌宕起伏异曲同工。两者的基本元素（音符与点线）因人的心性而联结成各自不同的精神之网，呈现心灵深处的体验。找到这种平行与对应的关系，我在表现内在的精神世界方面就获得了真正的自由。

水：在你现在的作品中，书法和抽象表现绘画，它们各自起着什么作用？

祁：书法、水墨画和油画，在我的轨道里交叉进行，各自独立又互相融合。我想运用各种材料从不同的方面去表达自己的想法。我认为各艺术门类的综合才会出现新的契机，拘泥于单一画种的完善已无更多意义。

水：你的抽象绘画色彩在趋于单纯化，黑色成为主调，我觉得这主要是书法的影响。

祁：是的，我长期喜欢书法，1987年我和几个朋友搞过两次现代书法联展，写很大的字，用各种感觉去写，充满激情，这对我后来的油画产生了很大的影响。另一方面是现代音乐的震撼，对我使用大片黑色也有影响。黑色具有丰富的精神内涵，我花了很多时间去掌握它的丰富性。黑与白是色彩的极限，本身含有象征的意味，我感觉其间闪现着形而上的光辉，它们的各种抽象形态及其组合，可以隐喻世间的万事万物。

水：中国的书法是否有可能成为"全球性"的当代绘画的重要资源？你是一个曾搞过现代书法的画家，你对目前的"现代书法"怎样看？抽象绘画与"现代书法"应该有一条边界呢，还是它们可以融为同一种艺术？

祁：中国书法对西方现代艺术的影响是显而易见的。它所蕴涵的丰富内涵，今天仍可以从不同的角度来开采。书法完全可能成为当代绘画的重要资源之一，但会不会是"全球性"的资源，我还不太清楚。

现代书法过滤了传统书法中的修饰法则，对某些基本因素进行扩张放大，以更单纯的方式阐释书法的本质意义，最大限度地张扬人的个性精神与生命力。它从各个方面开拓感觉的领域，给人以充分的自由。但是过多地融入绘画因素，会使它的边缘模糊不清。我以为任何事物都有一个边界，越出这个边界就不是这个事物了。书法也一样。

但我认为任何艺术都是可以互相融合的，抽象绘画和书法也完全可以融为一种艺术。只是不要去计较名称，是好的艺术就行。比较科学的办法是作品有具体的题目，注明什么材料就可以了。如果一定要称之为"书法"，就不要越出书法最基本的定义。

水：既然任何艺术都可以相融，你对中国美术界已经讲了一个世纪的"中西融合"持何看法？对保持中国绘画的特异性（即"中国画"在形式和精神上都必须与一般的绘画有所不同）持何看法？你提到

的这种"比较科学的办法"似乎也可以适用于各种水墨试验。

祁：从道理上讲，中西文化都可以成为我们的背景资源，作为创作主体，艺术家应该能动地运用和吸收任何因素来进行创作。我在国外感受很深的一点就是，绘画发展到今天，各种样式已经是应有尽有。因此，中国艺术家从自己的生存环境出发，从自己的文化资源中吸取灵感，形成自己独特的创意，仍是一条重要的思路。不过，我不太刻意去"融合中西"，我更多考虑的是表达的内涵，自由地去选择表现方式和材料。

我觉得过去毛泽东说的"古为今用，洋为中用"更具主动精神，即站在现代人的立场，一切为我所用的态度。所谓中国精神，应该是大的基本精神（包括气质）的把握，表现方式应该是多种多样的，传统模式是其中的一种。

水：在过去和现在，已经有过许多标举"笔墨精神"的画家，当然，他们中间有一些（决不是全部）出色的艺术家，你觉得你和他们的观念、作品有没有不同？

祁：标举笔墨精神的画家中，我最推崇的是黄宾虹，不过，他最终是将笔墨还原为山水图式。我试图

把笔墨的含义扩大化，将此因素更纯粹地提炼出来，使笔墨成为精神本身，我的笔墨符号不与客观对应，而是与心灵对应。作品的空间也不是自然的空间，而是交响乐式的心理空间，尽管有时会有大山大水的感觉，但我觉得这样也不错，我喜欢山水画那种博大宏伟的结构方式。我注意发挥油画材料的厚重特性，因此作品在视觉效果上完全不同于纸上水墨画，而类似中国画、书法的笔墨方式和单纯的色彩，又与一般意义上的油画拉开了距离。

水：当你自己站在这些具有"交响乐式的心理空间"的作品面前时，你对它们的视觉效果满意吗？

祁：我很注意瞬间看作品的印象，它们经常在我不经意的一瞥之间给我鲜明的意象和感动。我在刹那间捕捉到一种"照亮"的感觉，这是黑白之间透出的精神光彩。有时我在展厅审视它们时，便设想它们还应该更加单纯和鲜明。

水：它们"应该更加单纯和鲜明"，我非常赞同这一点！

顺便问一下，你是否将固守在架上绘画阵地？从目前世界和中国艺术的发展趋势看，我们的书法、水墨和油画前景如何？

祁：目前还固守于"架上"，但我将架上绘画看

成两类，一类是在边框之内观赏的绘画，另一类已不完全适合在框内观赏，而可以和周围的环境联系起来，形成精神"场"，观者可以在一种气氛包围之中去感受它的存在。我更倾向于后一种。我也常常构想在三维空间中做其他材料的作品，我以为无论是架上绘画或是采用其他媒体，一切都是手段。

架上绘画在国外依然存在，对于我们来说画种的正宗概念应该淡化。作为一种材料或以混合材料的方式出现更为合适。复杂的专业技巧趋于简化，侧重于个性化的语言和观念的表达。传统中国画在国外被作为一种文化保存在博物馆里，在国内，它仍会继续发展。现代方式的中国水墨画和现代书法会受到国际上的注意。

创作年表

祁海平

男，1957 年 11 月生于吉林省长春市。 1982 年毕业于广西艺术学院美术系，1991 年毕业于中央美术学院油画创作研修班。中国美术家协会会员，天津美术学院教授。

主要参展：

2000	20 世纪中国油画展	北京·中国美术馆
	"文化论坛 2000（中国风景绘画展）"	芬兰·Tikanoja 艺术博物馆
1999	"世纪之门"：1979—1999 中国艺术邀请展	成都现代艺术馆
	第九届全国美术作品展览（获铜奖）	上海美术馆
	对话·1999 艺术展第一回展	北京·国际艺苑美术馆
	第二回展	天津·泰达当代艺术博物馆
	建国 50 周年天津市美展（获一等奖）	天津美院美术馆
	中国当代名家百人小幅油画展	北京·中国美术馆
	个人画展	美国华盛顿·Erickson & Ripper 画廊
1998	当代中国山水画、油画风景展	北京·中国美术馆
	当代油画九人展	北京·中国美术馆
	个人画展	美国华盛顿 NIH 画廊
1997	走向新世纪——中国青年油画展（获奖）	北京·中国美术馆
1996	现实：今天与明天'96 中国现代艺术展	北京·国际艺苑美术馆
	中国当代名家百人油画展	台湾
	中国油画学会展	北京·中国美术馆
1995	现代中国油画展	日本东京·日中友好会馆美术馆
1994	当代中国油画展	香港大学美术博物馆
	第二届中国油画展	北京·中国美术馆
1993	青年油画家邀请展	北京·中国美术馆
	个人画展	新加坡·龙艺画廊
1992	中国油画艺术展	北京·劳动人民文化宫
	"5·23" 全国美术作品展览（获广西壮族自治区一等奖）	北京·中国美术馆
1991	中央美术学院油画创作研修班毕业展	北京·中央美院陈列馆
1989	第七届全国美术作品展览	南京·江苏美术馆
1987	第一届中国油国展	上海美术馆
1985	前进中的中国青年美展	北京·中国美术馆

收藏： 中国美术馆、上海美术馆、香港大学美术博物馆、广西博物馆、天津泰达当代艺术博物馆、深圳雅昌公司等。

发表：

作品载入《中国现代美术全集·油画分卷》、《２０世纪中国油画》、《中国当代美术：1979—1999》、《中国当代油画》等重要书目和大型画册，并经常在《中国油画》、《美术》、《美术研究》、《美术界》、《江苏画刊》、《画廊》等刊物发表。

中国现代艺术品评丛书
主编 水天中

杨飞云	孙为民	朝　戈	刘小东	尚　扬
丁　方	陈钧德	戴士和	许　江	曹　力
宫立龙	谢东明	马　路	石　冲	阎　平
丁一林	刘　溢	洪　凌	贾涤非	毛　焰
申　玲	段正渠	喻　红	张冬峰	吕建军
崔国强	贾鹃丽	黄　菁	祁海平	

　　一套展示20世纪末中青年艺术家图式风格的丛书,她向所有有成就的艺术家敞开大门。
　　一套记录了一个翻天覆地巨大变迁时代的宝贵美术史料,众多探索者在这里留下不可磨灭的足迹。

出版策划　甘武炎
总体设计　苏　旅
责任编辑　刘　新
责任校对　林志茂

图书在版编目（ＣＩＰ）数据

祁海平／祁海平著. —南宁：广西美术出版社，
2001.12

（中国现代艺术品评丛书）

ISBN7-80674-229-8

Ⅰ.祁…　Ⅱ.祁…　Ⅲ.油画－作品集－中国－现
代　Ⅳ.J223

中国版本图书馆CIP数据核字(2001)第 087611 号

祁海平

中国现代艺术品评丛书

主　编：水天中
副主编：戴士和
　　　　苏　旅
出　版：广西美术出版社
经　销：全国各地书店
制　版：深圳彩帝毕升实业有限公司
印　刷：深圳彩帝印刷实业有限公司
开　本：1194 × 889　1/24　3印张
2002 年 6 月第 1 版第 1 次印刷
印　数：1000
书　号：ISBN 7-80674-229-8/J·204
定　价：28.00元